U0540737

身体的雷霆

1985

2025

林白 著

北京出版集团
北京十月文艺出版社

作者近照

林白

主要写作长篇小说及诗歌。著有长篇小说《北流》《北去来辞》《一个人的战争》《说吧，房间》《妇女闲聊录》等十部。另有中篇小说多部，诗歌两部，散文若干。2016年参加香港浸会大学国际作家工作坊。获北京大学王默人—周安仪世界华文文学奖、第十届红楼梦奖：世界华文长篇小说奖决审团奖、华语文学传媒大奖年度小说家奖、老舍文学奖、人民文学长篇小说双年奖、花地文学榜长篇小说金奖等。

作品入选《亚洲周刊》2022年度十大中文小说、《扬子江文学评论》排行榜长篇小说榜、《收获》年度文学排行榜、《南方周末》年度十大好书、中国小说学会年度排行榜等众多榜单。有意大利文、西班牙文、日文、法文、韩文等小说单行本出版。

出生于广西北流，现居北京。

(75) 谷雨 节气

清明的雨水仍停留在花之上

谷雨节气也已来到

云层越来越厚

故乡的云 堆积成

我不再看云

也不再说云

何时才能到一道闪电呢?

即使它是一场可怕的

巨大的森林

《谷雨》手稿

我不再离去

也不再说去

雨季后会的节气　太远

是不种子　去农去 种花生玉米 棉花甘蔗高粱

[illegible]　陪他们去 而[illegible]的[illegible]日子

[illegible]　是我去了

我不再离去　我只想和庄稼一起种

也不再说去　全身埋在土里

新生的植物

我是2020 的一棵草

[illegible]

[illegible]

[illegible]

古 [illegible]

2020.4.19 晨

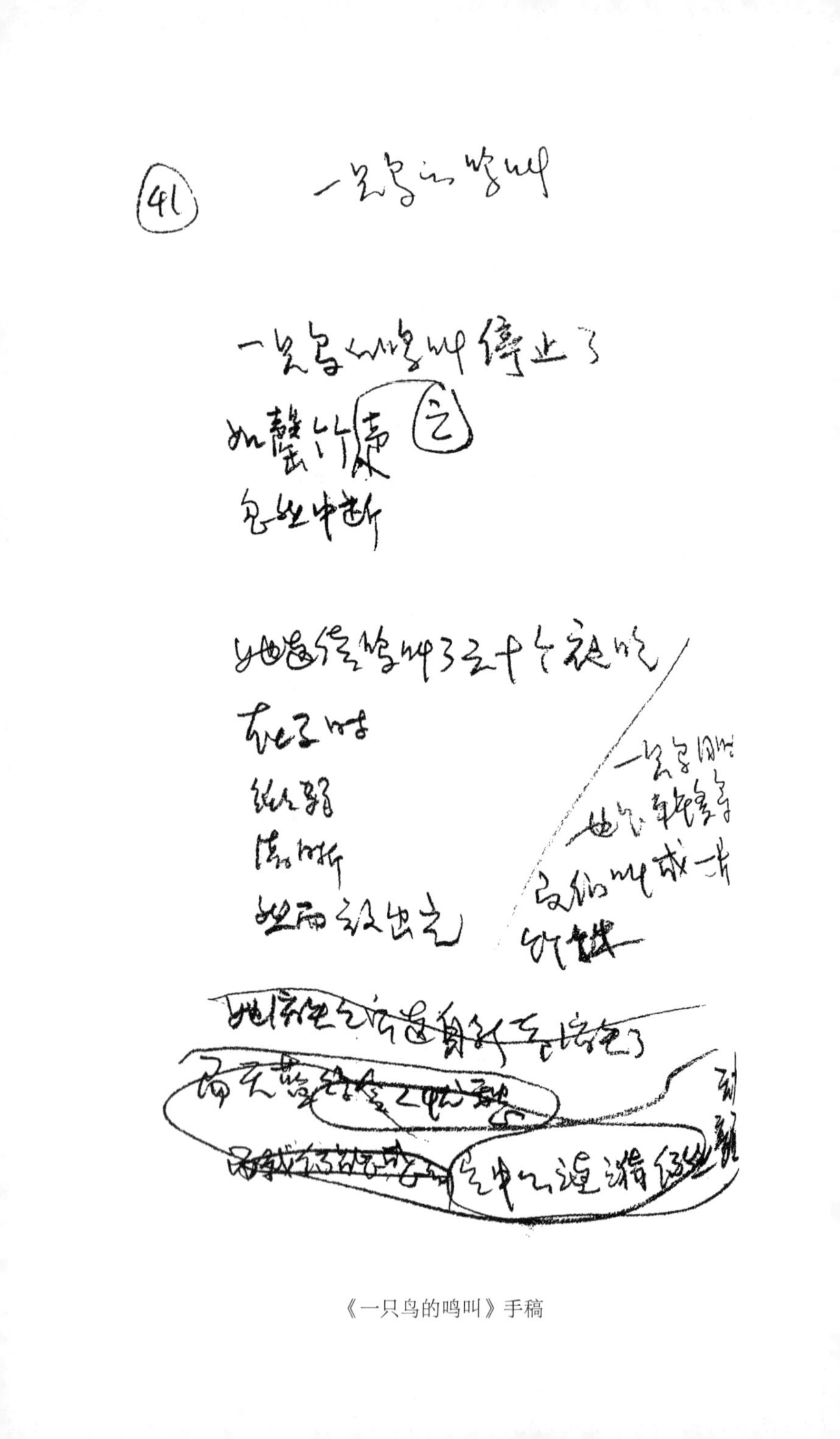

41

一只鸟的鸣叫

一只鸟的鸣叫停止了
如磬竹声
忽然中断

她连续鸣叫了三十个夜晚
在这时

《一只鸟的鸣叫》手稿

此刻 这世界寂静无声
只有你们，远隔重洋
是我们的情意在暗夜中

寂静的天空随之晴朗
天蓝得令人惊叹
而我们的心被温暖

在呼呼的风吹中
海阔浪涌
而后沉沉地安然睡着。

2020.3.27. 晨
北京石佛营，阳台书写

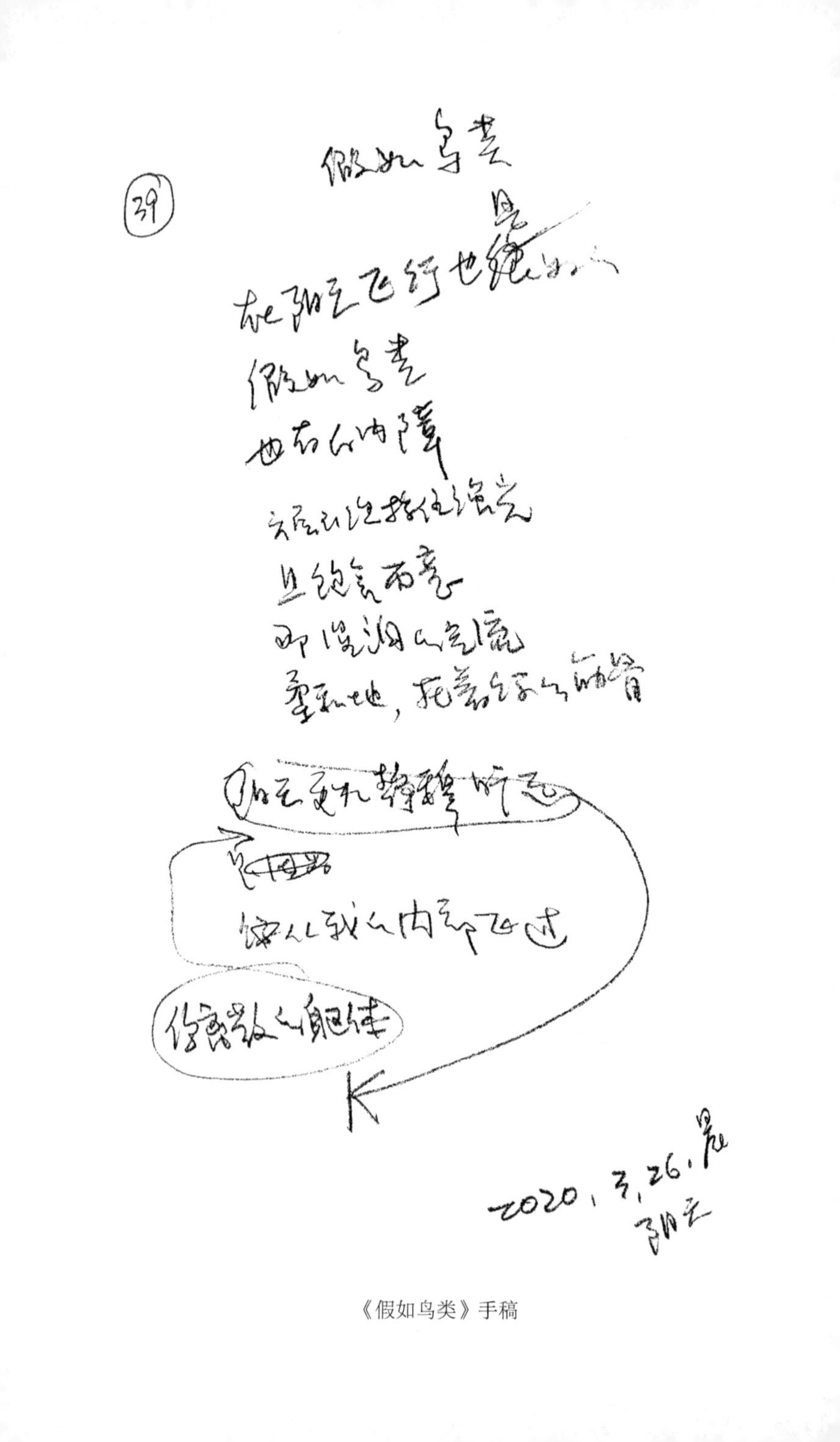

39

假如鸟类

2020.3.26.晨

《假如鸟类》手稿

(13)

~~去年此时 意大利~~

《那不勒斯应无恙》

去年此时
我独自去意大利
那些[illegible]世纪以前[illegible]的名字
[illegible]
[illegible]

到了今日我是真去成了
在[illegible]眩目的阳光下
那些中年美人
碧绿的树
她们的[illegible]
让我晒在朋友圈

昨夜我在电脑上与之重逢
威尼斯的叹息桥
米兰大教堂

《那不勒斯应无恙》手稿

[illegible]

2020年[illegible]新的[illegible]

我[illegible]划给了我

2020.5.17 [illegible]

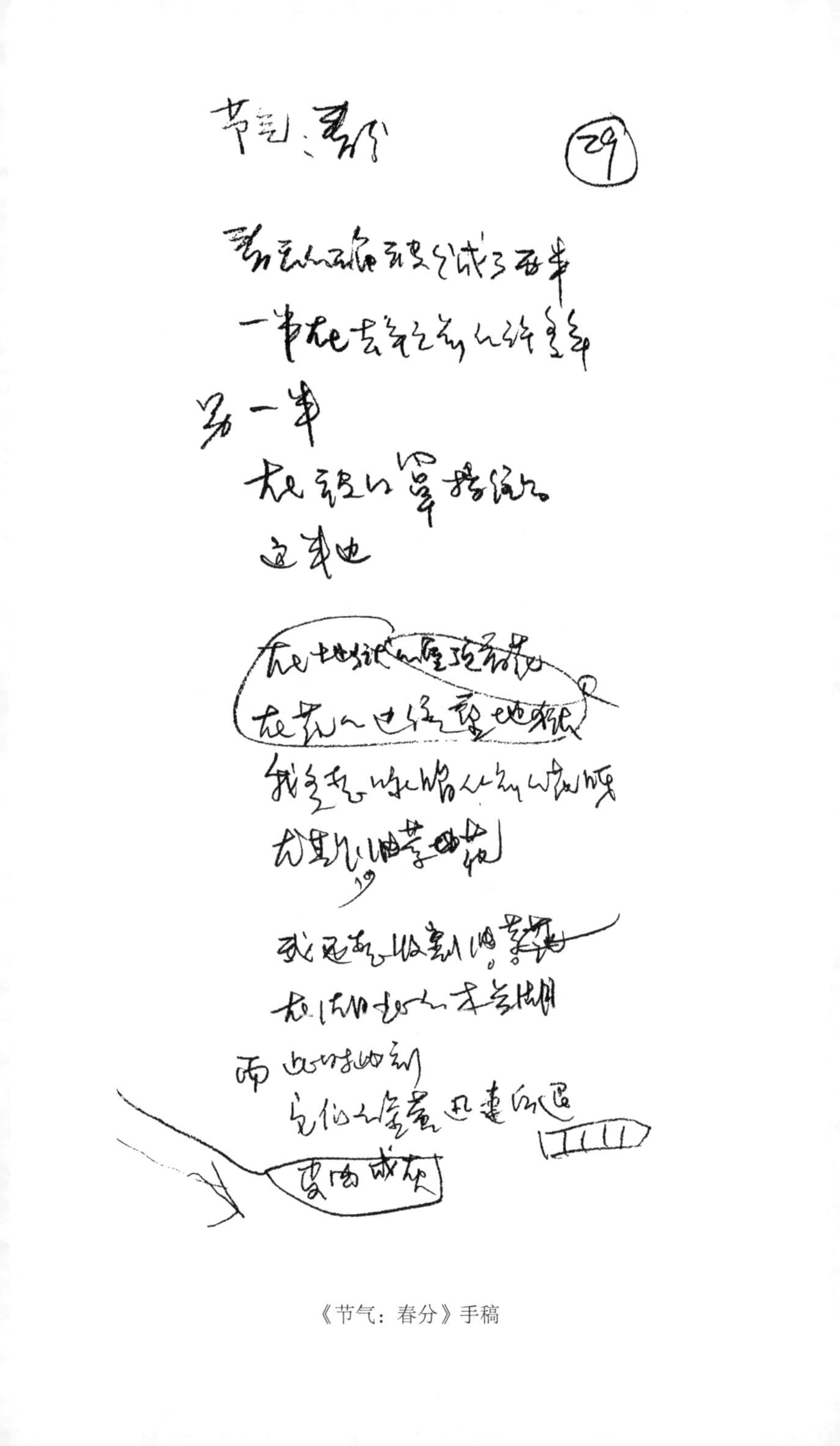

节气：春分

《节气：春分》手稿

《书桌上的苹果》手稿

你们计谋包藏万物
而我，惊恐地越过自身

我[illegible]地越过了塞尚
他的苹果与果盘
那些色彩的构成与
隐喻的善意
我不可避免地要想到
里尔克关于塞尚的通信
"而你的内部已摇动
不自开[illegible]又凋落
要越过某切近事物之何其不易"

注：你们即自然与里尔克。

2020.3.20. 王家新

目录

辑一

2021—2025 / 001

辑二

辑三

辑四

辑五

01 辑一

2021—2025

虚空过往之神

虚空过往之神是黄色的
它含义不明

年、月、日表现为三个人
老妇人、中年人、儿童

太阳的光芒是黄色的
春天柳条是嫩黄色

黄色的果实在秋天落下
我将知晓它的虚空

虚空一半明亮一半阴晦
而我已在遗忘中

（2025/3/19）

爱情山高水深

（12首）

爱情山高水深

她对自己暮年的岁数震惊
同时对爱情震惊
对自己
尚未成熟、永不成熟震惊

她希望有一条直线可以抵达爱情
她同时知道
这是多么幼稚的妄念
爱情山高水深
她仿佛一张白纸

没有谁不是韶华已逝却仍未成熟
她在别人的转述中听到的
本雅明写卡夫卡

（2024）

过于漫长的中午

盲目的中午过于漫长
江水的声音
聚拢，再聚拢
充满一张床

她坠入一张空虚的床
大而宽、空调直吹
心躁与心跳
她分不清两者的差别
但她知道，一个爆发

爆发自我的时刻已来到
盲目的中午过于漫长
来得及
容忍自己的错误
如此这般
她通过一扇门翻转自我

（2024）

台风天的雨

雨落到江面上
仿佛错过的年份刚被惊醒

密集处占据了一个爱人的位置
那里是一座山
巨大的空洞

台风天的雨
在闪电中
从大暑到白露
你来了，你消失

剩下芦苇，在荒凉的水里奋力游
在浑身湿透的砺石边
以不熟悉的姿势游回到久远的爱情

（2024）

前所未有的

蜥蜴，或者蛇
闪电般伸出又缩回的
舌头
赤裸如白昼
湿滑且明确
很久没有，甚至前所未有
流星般倏忽
闪闪发光的吻
静静燃烧的那个中午
扁圆湿滑柔软的
一秒钟的表白

（2024）

睡裙

一个中午缭绕着我
中午的那场雨
一个中午的那个瞬间缭绕我
一扇门关着
一扇门开了，再关上
门的形状和无声缭绕着我
在暮年
荷尔蒙的气息犹如甘霖
那气息缭绕着我
伴随着雨的气息缭绕着我
我想咬你一口，但没有
这个念头缭绕着我
拖鞋和睡衣一阵慌乱
那慌乱缭绕着我
丝滑的粉红色睡裙，那场雨
多么慌乱而荒寒
那慌乱而荒寒一直缭绕着我
那个中午

（2024）

额头

难以置信
和一个夏天渐渐亲近
近到一只嘴唇
碰到额头里的松果体

刚刚消失的夏天
它停留在额头上的是那么多
江水拍打大暑
远了又近，一次又一次

松果重新回到松树
松针闪亮
从青苔的大地生长出来
雨丝绵绵不绝

（2024）

遮掩

不能用第一人称
不能用第三人称
也不能用第二人称
是的，我也不愿声张

不说出你所在的城市
也不说出我所在的城市
当然更不会说出你的名字
而“我”也并非是真实的我

一名旅行家，一名高僧
他们几百年间
从你的县城到达我的县城
若我反复提到他们
我会意识到自己的爱欲
超越了历史

（2024）

她经历了四种愿意

想起鸿山上无人探望的那些石头
枇杷在一只大搪瓷缸里、浓汁河蚌烧豆面
湖水的声音与江水如此不同。
你是否愿意

她经历了四种愿意
去拜一名隐士的墓，那是夫妇合在一起
她愿意踩着烂泥在江水中沉没六次
愿意吃完所有的枇杷，把搪瓷缸还归原处
愿意雨水落在芦苇上

（2024）

不能两次进入同一个男人

我们不能两次进入同一个男人
裸着上身在江边的男人
和
孩子正在发烧的男人不是同一个人
第一次的男人已经消失
第二次的男人不再是他

芬芳的中午和芬芳的雨
爱情不能持久
一秒钟，三秒或五秒
在暮年闪现如同
那一粒钻石

在身体的海底轮、腹轮、太阳轮
心轮、喉轮、额轮、头顶轮
红色、橙色、黄色、绿色、浅蓝、深蓝、紫
七轮冥想一一照耀
你已获得了滋养

（2024）

滑倒

和一个人在床上
会令人迷失
为了不让他觉得你饥渴
你从自己的身上挣脱

两个人的完美时刻是在江水里
旁边是芦苇
对岸是落日以及工厂的烟囱
这就是在合适的时间来到了合适的地方

她不知道脚下的烂泥
是多少年的空置所积压
她滑倒在泥上
一种下沉的快感

她享受了江里的淤泥
托住赤裸身体的

快感

岸边的芦苇充满了整个世界

（2024）

宝藏

什么都还没有
但是有一处宝藏
在沙上岛
租一个两居室，有两个房间
两张床
两张书桌

明明涨潮时就会断航
明明冬天很冷夏天很热
他们不理会，仍然你一句我一句
两人的衣角都有石头压着
他们不理会
就像面对海市蜃楼
那不真实的完美

（2024）

双山岛

遍地芦苇

每一株都是一个情人

粗粝的石块

水浪的激流

涌到身上的泥尘一阵又一阵

闪耀的芦苇就是闪耀的玫瑰

那么多的无畏

它从江阴漂到这里

同时花上四百年的耐心

双山岛已在长江之中

离开陆地意味着更高的孤独

抬头可见的两座山

彼此热泪盈眶

（2024）

身体的雷霆（8首）

就我而言

六十岁比五十岁更好
头发获得另一种密度
也不再害怕异性与同性
叶脉更湿润
枝茎更饱满

写更多的诗
给他们和她们
也写给自己
以更多的热烈
更强的心跳

写更长的小说
一共531页（试读本）
在最长的河流下水
独自环骑一个岛

抛得开所有名词和动词

在六十六岁的白昼，和夜晚
抛开所有名词和动词，连同笔画
体内的植物纷纷张开
松果滚落
到达最黑暗的中心

（2024）

身体的雷霆

当她躺下来
在一张八十公分的床上
当她穿着一件柔软的长睡衣
当饥渴的身体，碰到
失血的手指
当窗外的风，一阵又一阵

远处的手掀起了长睡衣
裸露犹如一盏灯，暗自心跳
一处又一处
左边的大，右边的小
一直向下、再向下

骤然触碰到弹性的棉被
犹如另一具身体
裸睡震惊了她
身体内部自动翻转
向下、向上、左侧、右侧

隔着棉被的压力
或者在棉被的洞穴中
赤裸的凸起与凹陷
通通与自己
赤诚相对

身体以自己的雷霆
喂养了她
屋顶闪电
奔涌的潮水没过她的头顶

（2024）

夏天那一瞬

面对镜头谈论爱情是失礼的
在黑暗的房间中可以
独自一人更可以
但需要一场雨水倾听

需要大风把芦苇刮上天
需要淤泥紧贴皮肤
需要两个童年
在江水的肚脐眼
闪电般重合

在夏天的那一瞬
你远离地球
以光速
倒退返回某一个年份
那里，有无数失去的未来

（2024）

磨刀石

灰色的和红色的
我见过的磨刀石有两种
灰色的细腻，红色的粗粝
在刀的不同阶段
它们同样经历刀锋

磨刀人探身俯向红石
侧耳听那霍霍声
然后试试刀刃，换成灰石
在刀与石的摩擦中
铁气升起
灰色的石浆浓如奶油

闪闪发亮的刀锋如新月
升起在年份遥远的雾气之上
在它把天擦亮的同时
石头睁开潮湿的眼睛

（2024）

借口

两个人之间
隔着秋天冬天和春天
这中间，空缺着一个借口

我要找到这个借口
像夏天一样
找到的借口事关大江和岛屿
又大又结实
有着万古长存的气势
隆隆的水声像落日般耀眼

乌鸦找到石子
镰刀找到稻草
一场雨赶去天台山
另一场，让你们闭门不出

我要找到怎样的借口

才能再一次

扑向夏天的胸口

（2024）

北方的暖气已经注完水

北方的暖气已经注完水
加速流动，在
尚未加热的管道中

黑暗的管道已经注满水
水在流动发出吮吸之声
清凉的水被自身加热
我看见你在远处
露水中脱下你的鞋

我看得见
大地微微冒着热气
被两条河流隔开的
两个人
站在21世纪的渡口

（2024）

仍然

仍然是在高铁上
车厢仍然明亮
这一站，是郑州东
我想象是你所在的那一站
仍然路过一片
金黄的麦地
多么遥远
尽管那只是在
四个月前

岩石上的苔痕变得更黄了吧
更像枇杷
越发坚硬
我已经开始学习一种
古老的唱腔
以便配得上古老的松树
松涛无尽
松针的心细而深
再也没有比这更好的了

（2024/12/2　去武汉的高铁上接到《上海文学》来颖燕的微信，说为了让版面合适，需再加一两首诗。再次上车，刚落座，“仍然是在高铁上……”这句先冒出来，第二句也紧跟着，像一群鱼，向着前面的鱼饵飞奔而至，两分钟，这首诗就写好了。生平第一次逼着自己在高铁上一口气写了一首诗。鱼饵是神秘的触发点）

无题（一道暗痕在江水的深处）

一道暗痕在江水的深处
它已经
完全不被你觉察了
无论丰水期，抑或是
枯水期

岸边的芦苇比当年更其茂密
风吹得它多好看
柔情万种
水浪的声音像无数鱼
向着江水张开嘴
张开又闭上

那无数条鱼无数条
你看不见它们

（2024）

还有草和草和草，的芽（8首）

无题（重新成为单一的线条）

重新成为单一的线条
不弯曲
最多仅仅具备斜度
当有风时
当天上流星扑向大地
石头从高处落下
边碎裂、边坠落
坠落超过了我们
我们追赶坠落
直到与坠落合为一体

（2024）

能量

为了给你更多的独特性
我需要藏起来
尽可能缩在
黑暗中
一粒种子如果它是种子
就要聚集能量

有人见过一粒种子暴晒之后
还能发芽吗？它的甜美湿润细小
绒毛以及气息
眼睛变成了伤疤之后
身体与精神一起光明

（2022）

某某女士的爱情

多年来你身心紧缩
担心深渊
担心舌上的裂纹
左脸上的一块斑
你担心自己会跳进陷阱
会过度写诗
过度，抛出自己

担心自己声嘶力竭
披头散发
而玻璃碎裂
身体的一半破窗而下

直到碰到某一个男人
仿佛来自远处的海
你想起《死于威尼斯》
那个波兰美少年
他站在海水中

你盯着那上面的瘟疫
阴湿的黑色与凛冽的白石灰
银幕上那个常年陷在文字里的男人
就其本质而言
他是你的一部分

染过的黑发耷拉的脑袋
逐渐僵硬的四肢
他死在海边
而沙滩如此空旷

要抽身而出是如此艰难
当沙子陷到胸口
当呼吸困难
当张大嘴
当天上降下雨

当你随某人来到某庄
当我们并肩拔地里的葱，然后
会饮直至深夜
当饭桌上谈论情感关系
当他对身边的你说要给女朋友回微信

忌妒是另一种酒，天经地义

而一种叫“高山流水”的香烟

袅袅升起

两种酒，交替穿肠

犹如去年玛瑙戴到你腕上

次日离别，地里的葱

仍然繁茂如初

（2022—2024）

嘹亮的斑鸠

一觉醒来听见嘹亮的斑鸠叫
我辨认几年前的声息
辨认南方的甘蔗林
那渺渺的绿色
从上一年的年尾，到
下一年的年尾

我也要辨认自己
先辨认百分之二十
再辨认百分之八十

如果二十是雄八十是雌
或者相反，嘹亮的斑鸠
我知道你是如此雌雄同体

（2024）

大雪·猛虎

她想尝试让自己陷入情网一次
天哪，这个六十多岁的女人，
她真英勇

她坐上高铁
去往一个叫沙上的岛
要知道
这个岛从来不曾存在

但热气从那上面蒸腾
从生命的大雪节气，到
即将到来的冬至
在暮色已至时分
她看见雪地里的油菜花
如黄色斑斓的猛虎

崭崭如新
是雪地里的油菜花

（2024/12/6　大雪节气）

大雪·辨识一只老虎

辨识一只老虎
从这本新书开始
从大雪节气
从未曾落下的茫茫大雪
从童年
从青年到壮年
从越来越近的北方

从四月
从四月才盛开的蔷薇
从房间，从房间说出的话
从行星，向着另一颗星
但最终
是要从雪地上
找出那全部的白
全部的白中的一点黄

（2024/12/6　大雪节气）

注：大雪三候，一候，鹖鴠不鸣；二候，虎始交；三候，荔挺出。

发布会

这样的日子值得写一首诗
对，12月7日
一个女人叫李乌鸦
她的嘴
是乌鸦的反面

上万吨阳光和云在一起
悬浮在前门箭楼的额顶
透过整面墙的玻璃
照见了你们年轻的脸
李乌鸦说：这是全世界最好的读者

墨绿色的宽袍
橘红毛衣露在领口
深棕色长裤帆布鞋
果真暗合了圣诞的颜色

我背对密布窗孔的古箭楼

讲述当年

不得已的狂飙突进

（2024）

让我们一起游荡吧

让我们一起游荡吧
让我们提着灯笼（腊月做的）
让蜷缩的花瓣打开
还有草和草和草，的芽

让我们跟着天、跟着地
跟着新生的兔子奔跑吧
兔子长出雪白的毛发
它用耳朵捕捉光
顾盼的兔子应该随缘
随缘的兔子回到树下

让我们奔跑吧
奔跑的兔子如此幼稚啊
但我们必须喜悦
喜悦并且相信
总有一天会找到另外一只兔子

那才怪

越来越老的兔子你是见不到的
奔跑的兔子总是更年轻
兔子的细胞在摇滚
它自己就是自己的踏板
身体里的弹簧让它飞

带上我
提着刚刚做好的圆灯笼
半边月亮唤醒了荷尔蒙
它的身体散发出芬芳
那只兔子
它如此沉默又如此喧哗

（2023/2/4　立春日）

老灵魂（14首）

一镬水

我想夸大其词
把一镬水说成世界中心
那个人
他向镬底添柴，一次又一次
松针的香气流遍所有的河
水沸腾起来不出所料
水，在银河的中心沸腾
星星跳荡　涡流眩晕
他又添加冷水，一勺又一勺
沸水和冷水
终究也是可以和解的
时间，这伟大的光速
它使一切离去

（2022/3/20　春分日）

巫婆

山青水绿之间那一群人
脸涂绿，戴上树叶的冠冕
真正的巫婆不在他们中间
星星与云与倒影
弹奏连同喊叫
所有的巫婆都不在这里
远处的崖壁和攀爬
石头纷纷碎落
我们寻找那个总体的巫婆
为了遥远年代的爱

（2024）

老灵魂

我想你是老灵魂
你来过了
你又走了
1917年你在哪里呢

过六十年你又再来
1977年
平地一声雷
稻浪汹涌
风，吹动了每一个人

“假如有来生
我要和你坐在高高的谷堆上面
等我们长大了
就生一个娃娃
他会自己长大远去
我们也各自远去
我给你写信，你不会回信

就这样吧”*

*歌曲《假如有来生》中的几句。

如果蟒蛇……

如果蟒蛇从沙街上跑过
（它其实没有脚）
那说明什么呢?

我没有看见它
但吕觉悟看见了
还有我弟

昨夜忽然记起
我看见过它在铁笼里
沙街畜牧站的蛇仓

我伸出食指碰了碰它
蛇皮冰凉、滑腻
那久远的惊异如铜钹震起

幽暗的花瓣显形
北流河，泠泠有声
它再一次从沙街跑过

在五十年后

我听见
河水的敲击声

（2021）

无题（头顶有一群麻雀）

头顶有一群麻雀
我不动它们也不飞走
原来，不动就可与万物齐

然后它们飞到苹果树上
我也慢慢走到苹果树下
动，也是与万物齐

无题（我想把你藏起来）

我想把你藏起来
但又想让你露出

在浓密的松针间
只有偶尔飞过的斑鸠
能遇见你

多少年我在等着
一枚最大的松果
如明月直入

愿你保留全部的松子
愿松子经得起最久的耽误

（2021）

无题（夜里我看见一匹猫）

夜里我看见一匹猫
在松树下，全身乌黑
四蹄雪白

乌云踏雪“夜照白”
如果它是一匹马
我就可以如此称呼

当马蹄声出现
我会缩小
而松针变得浩瀚

今天八级大风
阳光猛烈
花瓣横飞

我决定站着不动
等大风把春天分成两半

（2021/3/20　春分日）

无题（要有多辽远的歌喉）

要有多辽远的歌喉
才能把一棵松树，唱成
无数棵
而满树松果
瞬间落下
又纷纷，重新回到枝头

明月当空的夜晚
阵阵松涛声
到天明，满树麻雀
羽毛一新
松针闪闪发光

世间的消息向我啾啾鸣响
在南新仓

（写给ZJ，2021）

无题（一只斑鸠不停地叫）

一只斑鸠不停地叫
听上去，它经历了伤心的冬天
我知道，
它的羽毛是暗的

但银杏已经长出
就在我的头顶
我欢喜着
又空虚又满足

（2021）

无题（立秋之后这么多虫子）

立秋之后这么多虫子
它们同声高歌，此起彼伏
纷繁以至浩大
以至草叶丰美

那么多的石头

那么多的石头
那么多，无地自容的爱情
那么深的深夜
那么白，白而耀眼的白鹭

那么多的石头，沉在水底
那么多的盐，消失在海中
那个不敢奔赴的城市
一次次奔跑仍碰不到的你

（2021）

除夕壮游

一头白象闪出了光
除夕
模式口（地名），干燥而生疏
一路向西，苹果园站
起风了

先是遇见冰川第四纪擦痕
一只古代剑齿虎
头骨凝神
我为它的本命年拍了照
法海禅寺需沿山而上
白皮松迎着风
第一次知道此处有明代壁画
原作无缘得见
而水月观音，以特殊的方式
曲折着降落
还有那一幅《白象渡海》

白象渡海，白象渡海

一只白象，锦瑟无端

波浪粼粼中水声传到冻僵的双脚

和双手（我脱下了手套）

两年未曾离开北京

它带来

甜美与激动

以及，衰年的壮志——

徒步一段河流

目睹半场爱情

（2022/2　正月初一）

另外的身体

一件桃红色的泳衣
水面以下的线条
肌肤的亮度比平常亮两度
在最热的时节
高铁连接的江的对岸
起伏山峦的曲线
江水的响声
乘风回到此处
午夜正在来临

（2024）

我不停地看见一弯新月

我不停地看见一弯新月
它每日丰满
直至满月、直至亏损
我仍然看见一弯新月
它恒常如新
月的背暗面也在新月上闪闪发光
引力推动河流与海
永恒的天和地
在六月
夏至露出的礁石上

（2024/6）

颜色

油漆生涯是新鲜的艳赤
整整一面墙

等猪油渣缩得不能再小，就好了
稍凉一时，趁热倒入瓦罐
第二日它就凝固了，平整紧实
一色鱼眼白

从前他黑得结实响亮
一块掺了黄泥的煤
他乌黄乌褐地坐在门口
黑里就泛着黄

羊蹄甲开满了赪紫的花……
一路到河边
岸边的大木棉花落了一地
树枝上还挂着鸡血红的几朵
天空艳艳的蓝

水光一片一片耀眼

水下的一层水草绿沉沉
空地晒有一片茶黄骨白椒褐
黄色小花的尤加利树
鸡在篢篓里，都是母鸡
花的，或者姚黄
羽毛浓密
脸是朱殷红
冠是鹤顶红

比起冥褐色的旧泥
新泥更像山岭的内脏
厂房上空铁灰的厚云忽然裂开一条隙
一道异常耀眼的艳炽金光
死去的废旧厂房

丹红的大襟衫
漆绿的宽腿绸裤
浅浅的竹篮

（2024）

夏日的宴饮

三种水果以三种形式出现
加上葡萄酒
就是四种水果以六种形式现身
加上帝王蟹，南极的犬牙鱼
眼花缭乱的22道菜
停在“夏日的莫奈花园”里
一道最早的凉菜
穿过食物进入花园的同时
花园消失在黑暗拥挤处
生人变成熟人
芒种将转成夏至
互不相识的人暂住虚空的花园

（2024）

河水的叫声

河水有时不是河水
是夏至开始、立秋之前的某一天
叫声也非叫声
是一种翻滚
脚抽筋也不是真正的抽筋
是河床底部的紧张
河水的叫声是一种赞美
当天上的云成为白象
当光的金边镶在你的额头

（2024/6/21　夏至）

无题（整日唠叨爱情）

整日唠叨爱情
她的自循环
从脚踵至喉咙
一步又一步
一声又一声
一只喜鹊是很笨的
当它被淋湿
当羽毛抖出彩虹
也可以是美的

（2024）

无题（坏消息接连到来我并未悲痛）

坏消息接连到来我并未悲痛
直到今天
清晨醒来躺在床上深呼吸
眼泪慢慢涌出
不断地
直到渐渐天明

是哀痛堆积在内脏我并不知道
当呼吸牵动到深处
当五脏震动
当眼泪被唤醒
来自深处的抚慰
也许就是这种形状

（2023）

三行诗

（8首）

之一

临渊看花看到空

衰年写诗写到小

留白大过宇宙

之二

聋哑孩子坐在葵叶上

当我遇上你

金色吹拂

之三

水和水声都是真的

但没有河流

有只喜鹊，太肥

（2023）

之四

想起南宁阳台上的昙花
错落垂下洁白头颅
循环往复那一瞬

之五

一只清代的瓷罐
底部有冲线
料它邪气难聚

之六

我带你的核桃去电影院
三小时，核裂变
《奥本海默》使它的包浆厚了一层

之七

徐霞客饭于沙街

苏东坡于此系舟

还至本处，洗足已

之八

多么不合时宜

到四月才想起去看梅花的人

她要等到冬天

（2023）

发烧

关于发烧
它站在那头看你
你站在这头看它
在冬天，人人都要翻越一座火焰山
一头猛虎日行八百里
鼻息响遍全世界
我们准备了大量的水
或者，与冰媲美的药
布洛芬散利痛
用止痛的利器降热
从不认识的人到认识的人
包围圈在缩小，以风速
门被大风吹得砰砰响
火焰山站在了门口
不，此刻，
它破门而入
扑向了房间里的另一个人

（2022）

无题（真想过一种盲目混乱的生活）

真想过一种盲目混乱的生活
这样一想
也得到了安慰

那些碎屑
那些鸟的羽毛
那些蚯蚓的粪便

（2021）

无题（四点钟起来）

四点钟起来
一轮明月

五点起来
一轮明月

六点起来
仍是这轮明月

它一夜平安
只是从窗的左边
移到了右边

多好的月亮啊
因某种意外
我看了你三次

我明白，你一整夜都在天上

将来也永远是

（2021）

无题（斑鸠和松树）

斑鸠和松树
谁能更早知道天机呢？

松树有无数松针插进空气
斑鸠有全身的羽毛

（2021）

无题（夜晚的花）

夜晚的花开在夜的最中央
鸡蛋花和木棉花，凤凰花和芒果花……
亚热带的花神经错乱
它们从明亮的白日奔跑到黑夜
它们衣襟的日光已跌落
披风换成乌云的颜色

它们要——
要闪电，你我之间
金色的闪电在黑夜抽打
金色的枝条使来世转到今生
在世界的最中央
花朵骑上红色的潮水

而那些闪电如此缓慢
如此清醒

那些发亮的

枝状的雷声

（2021）

织

你睡在一只鸟的心脏里
它的名字叫
织

要植入多少条线
用尽毕生的力
织并不存在的那块布

无尽的线自青草上升
越过泥泞与肿胀的空气
升至空虚

它带着刺果的织针一路颠簸
越过丘陵河谷直至猎户星
梦，壮阔且徒劳

而这一块布
是结实的

植物与河水的经纬

正在抽条，它们赤裸着
越过胸腔与某种阴影
等待雷声

（2021）

木珍说

无论发烧、腹泻还是失眠
木珍一概说
不去想它，放下就好了

她说的
跟佛说的一样

（2021）

02

辑二

2020

这个月我热衷私奔

这个月我热衷私奔
向往康科德
为你全然空白的许多个年头
我要把自己挂在一列火车上
我要变成蒸汽
启动这火车
同时变成铁轨
逢山炸石
遇水架桥

我打算从广西到西藏
从西藏到猎户星座
穿过黑与白的风暴
停在你暗黑的悬臂上
你的臂弯深不见底
但我可以发光
像蜘蛛吐出柔软的丝

当冰雪浩荡

涌入甘蔗变成甜汁

我要再次回到广西

以便确认

那片甘蔗是否还在原地

我将预先看见

你内部的浪花

奔涌而出

（2020）

之前

之前我低敛
萎缩
与一只陈年的橘子相仿

这个春天我意外尖叫
那铁丝般的声音
又细又长
连月缠绕

也许我会成为一柄甘蔗吧
主茎粗实，节节向上
每一张叶子修长尖利
叶缘隐藏无数锯齿

这甘蔗
多像一株大号的野草

大地静默

不知如何是好

（2020）

许诺

在半明半暗中她反复看这株甘蔗
它是如此不同
说不定是苦的

苦楝树转世
长成一株甘蔗的样子
极有可能它并非甘蔗

但她梦见自己在甘甜中
四肢伸展
是另一株甘蔗

在黑暗的水声中
她许诺
一节有一节的甜

（2020）

应答

那株甘蔗会应答
那株甘蔗每天应答
那株甘蔗应答了122天

那株甘蔗如此青绿
青绿如晋代
未被污染的万里河山

这个桃花源在广西的上空
也在地上
在最大瀑布的旁边

我是更愿意它们长在河边的
绵延数十里
其中一株与我有关

它年轻、挺拔、善饮酒
好吧亲爱的甘蔗
祝你尽兴

（2020）

木筏

木筏
逆着时间的浩瀚

划呀划呀你青绿的颜色
青绿的颜色抛上浪的巅峰
划呀，亲爱的甘蔗

遍体光焰涌入黑暗
满盈的甜汁昼夜荡漾
你的叶子簌簌响
满身的白粉离开故乡

划呀浪涛汹涌
你沿着金色血液的河流
划呀，以蔗为桨
在雷声震震中

（2020）

沉浸

她沉浸在一条河中
装满春天的河
辽阔、青翠
离天很近

甘蔗漂荡在河面
刚刚好
不轻也不重
潮湿使它闪闪发光

她不生育人类
只生育甘蔗

（2020）

春阴

雨将下未下
蒙蒙雨
这南方的词汇
跟随三日春阴
时出时入

天地湿润
草木青绿
这几日沙尘未到
约等于南方

岭南的木棉该谢了吧
鸡蛋花是否已盛开
癫佬们的兴奋该停歇了
木棉花开的三四月
他们成群结队
癫行在河边

历历在目的三月疯癫图
此时已湮没在烟雨中
你失去了南方
又未得到北方

错综的遗憾
变成经纬交织的想象
使你轻盈
如斯

（2020）

五月

我簌簌地响着。
重新开始了
五月

在周而复始的五月中
这一个比任何一个都明亮
我沉溺在透明中

我洗衣、切菜、拖地
一只蜜蜂在飞
向那透明五月的深处

我和五月各自透明
凝视着
森林中的大瀑布

花朵永恒

天空完整*

许诺的声音恰如水声

*这两句出自曼杰什坦姆。

（2020）

瀑布

大瀑布跨越国境
藏在森林
水
奋不顾身

断面的悬崖
一种力
失重，再失重
癫狂的水

树根为此跃起
结网的蜘蛛被激荡
水啊水啊
日行八千里

“你的源泉来自梭罗
万重山送你一路前行” *

我们从激流边走过

新鲜的水汽终生缠绕

*《梭罗河》句。

（2020）

酒，或别的什么

我以为我抓住了
跟酒接近的某种东西
可以含在嘴里
仅含着就能到达
全部的细胞神经

比酒更高
但仰望的星星
也并不是它

我觉得它也在水里
但从来不是鱼
可能是树
满身闪闪发亮的叶子

它甘甜
这点略胜酒一筹
许多年的光阴浓缩在一瞬

它更是醇厚的

这个春天我迷醉而振拔
因为它骤然而至

（2020）

到达五月，酒

我们同在酒上骑驰
在酒的时间里

时间那么快
刚刚来得及
写一百首诗

我看见，五月的花开向黄昏
使落日的余晖变得神秘
纯然白色的花
铁线莲在山上浸透了月光

骑上酒飞驰
骑上花安睡
新生的植物即将命名

我们听到酒的嘶鸣
同时听到了

寂静

骑上酒，从十二月
直接到达
五月

（2020）

那根刺

那根刺是鸡丁锄的样子
一头尖
另一头是方的
一柄木把
1969年的鸡丁锄

它被时间缩小
钉入我的肉身
度过一个又一个艰难的日子

一把鸡丁锄在血液里
我已不觉得疼
它时啄时停
我不清楚是谁在握住那柄

只有发烧的时候我会记起它
以及听到钟声
在山那边小学校

悬挂在屋梁上的

一块铁

那铁质已助我长成结实的心脏了吧

但它在时间中摇晃

（那根悬绳很粗）

至今仍发出当当之声

（2020）

遐想

假如27岁，或者32岁
徒步
从德国巴伐利亚出发
穿越瑞士全境
抵达阿尔卑斯山南麓的
意大利

携带一只酒精炉
越过重重关隘
在山脚下的某个湖区
住上半年

那就是私奔
劳伦斯27岁，弗里达32岁
徒步私奔，难以想象

我打开水龙头
清凉的水从指缝漏下

朝早写诗

傍晚洗菜

我已获得，期待的人生。

（2020）

康科德（之二）

是什么，从北流河升起。
穿越北美的康科德
到达神经末梢。

仿佛不能释怀
康科德

在河底之下
银河之上
越过丘陵与深谷
穿越康科德的灌木与沉睡谷

那颗巨大的水滴
它居然没有摔碎

走过历代星辰之后
“当泪水里的盐

铸成坚硬而甜蜜的铁”
我仍要回到深河。

（2020）

有生之年不能到达

不是桃花源
虽然在诗文中
如碧玉般燃烧
安静而神秘

地图上可以找到它
有湖
一些素朴的房子
“山边”“路边”“果园屋”“灌木丛”
名字如此自然

假如我去了
最后会看到“沉睡者公墓”
那些有趣的灵魂就在这里
他们互为朋友和师生
无论生前，或是死后
都是近邻

康科德，虽然你就在那里
而我是不能到达的
有生之年，所剩不多

我只能在字中阅读你
看见清冽的光
在有生之年

（2020）

狮子（2首）

其一

第一次迷路，五岁
在文化馆门口
两只石狮子
把我砸进深渊

第二次，是在梦里
我与一群狮子在山上相遇
它们在我身旁随意走动。
仿佛我是同类

然后我落山
行很长的路
一只狮子跟在我身后
那是1991年，我怀有身孕。

第三次，我望见了海

浪涛之上站立着狮子
迷蒙的水汽中
时隐时现。

我看见自己在一片松林中
向着海的方向
风驰电掣

（2020）

其二

乘坐样式古怪的庚子年春天
它破浪而来。
我猜它来自广西北流
文化馆门口的深渊。

青石的狮子
它转世到了大海。

那些青石我是认识的
小学时每周去挑石头
喀斯特地貌的石山

被炸开了内脏。

狮子的魂魄早已离开
这五十多年不知它去了何处。

我是如何重新遇见你的，
我的狮子

我在时间的迷宫里奔跑。
黑暗中
你身形庞大。

（2020）

风真大

一大片鸢尾花只开了一朵
这个四月亘古未有。
高大的玉兰树
翻转了它全部的树叶。
阵风九级 春天召唤了
浩大蔽日的蝙蝠。

在鸢尾旁边陪它站了一会儿
全身裹严，只敢露出耳朵。
不到两分钟我就逃掉了
我担心脚下突然裂开
草地变成深渊。

鸢尾花
你的星座滴答作响
在风的噪音中。

（2020 兼赠金牛座友人）

谷雨

清明的雨水仿佛还在天上
谷雨就已来到
云层越来越厚
灰色的云堆积成黑

何时才能来一道闪电?
那自天顶一劈到底的
巨大的荆棘

雨生百谷的节气
是落种子的好时候。
种花生玉米棉花甘蔗高粱大豆……
而它们苍荡的日子
是在去年。

我不再看天
也不再望云
我只有紧紧咬住一根刺

全身埋在土里。

我是2020年新生的植物
缺水
想哭
但没有眼泪。

（2020）

自行车（3首）

亲爱的自行车

在一片衰草中她望见了自行车
这个四月令她意外。

她想越过枯草去看真正的四月
真正的四月没有降临

她相信，夜晚是四月的使者
牵着它的衣角四月会短暂来到

又或者，自行车是夜的本身
骑上即夜色四合

她在所有的夜晚穿梭
所有的时间带她旋转

插队时的六感大队
十年前的武汉长江二桥

亲爱的自行车
在四月的荒凉中我眼含热泪

它在黑暗中颤动
身上披着水光

（2020）

独眼兽

即使你只有一只眼
我也仍然爱你
即使你只能望见世界的半边。

亲爱的，半边就够了
甚至，只能看见一株秧苗。
六感大队的水田旁
漆黑的夜里我与你一体。

十九岁的乡间小道
我单手右手扶把，左手电筒
坚硬与烂湴交替
稍一迟疑就会跌倒。

在全然的黑暗中
四月的蔷薇一路炸裂
浩荡向前

我站在那只眼睛上

如果加速

就能飞起。

（2020）

变形记

这是特别奇怪的事情
车头是门头
横梁斜杠成为门框。
如果你愿意
两只车轮恰可当门墩。

门墩在傍晚起飞
越过了泥溢和沟渠
即使没有车身
也会滚得很远。

雌兽蹲伏数十年
她暗中喘息
此时嘶鸣
腾空而出——
此刻，你变成了门。

（2020）

世界的回信

我是你披头散发的女儿
你是父亲
四月短暂的父亲。

我的生身之父
未曾替我梳过发辫
他的时间停留在我三岁，
他手里我的头发也不会再生长。

一切的未曾那样多
巨大的未曾。
我吞下那荒凉超过半世纪。

你白色的羽翅降落在四月
每日清晨
衔来世界的回信。

“我写给世界的信，

世界从来不曾写给我”*

我不知道是比她幸运，

还是更加不幸。

*是我写给世界的信，这世界从不曾写信给我。——爱米莉·狄金森

（2020）

荷花使者或荷花苑

我想你其实并不认识我；
荷花苑，当然你于我也是陌生。
可这并不妨碍，有荷花
生于污泥之上的水，
那陌生的虚空。

无穷无尽的荷花
你牵着谁的衣角而来

一千年前就有了
荷花苑，当然你只有三十年。
我猜想，千年前是一片荒地
离长江尚有一段距离
想必有大湖……
没有也不要紧，不远处肯定有。

无穷无尽的荷花
你牵着谁的衣角而来

那白色的衣裾

骑在白鹭翅膀上

大群大群的白鹭

它们飞起又落下

停在灰色的牛背

无穷无尽的荷花

你白色的衣角迎风翻飞

（2020）

广西崇左

即使已经离开四个月，
崇左的左江斜塔
仍然以它的斜度，
向我举起广西的红泥岭
与芭蕉木。

就是那橱*芭蕉木
35年前那一橱
它始终坚持了绿色
正如我坚持着三月。

三月，无数气泡在爆裂，
南宁寄来的口罩装点了我的平仄
三月木棉
开花的力量，把我的文字送给你。

时间把我们放在芭蕉木下，
你的长发，我的短发，

你的猪肝粥，
我的公园路。

在灰烬中，时间战胜了我们，
我们也成为了时间本身。

*槭，北流方言，意为棵。

（2020　写给张燕玲，纪念35年的友谊）

外婆

她纹丝不动
而世界收缩成
她手中钩织的眼镜袋
黑地红字：共产党万岁
底部有她惯用的云纹。

我认识她的时候
她是黑衣农妇
已缩在一只皱纹的网里
发白如雪。
纹丝不动
在泥屋边的杨桃树下。

前地主家小姐
毕业于容州女子师范
她内心的风暴我一无所知
只听她说过，不喜读红楼梦。

当浑浊水塘里的一只鸡
挣扎着冒出水面
世界就已经
沉到了水底。

去年母亲告诉我
外婆来自白鸽坡
与毛主席同年同月生
若活着，今年127岁。

（2020）

清明

需要悬停在气流上
需要记住那些骨灰
需要在你的白色之中
生出白色。

从立春到雨水再到惊蛰
再有五天就到清明。
白鹭，翅膀使你辽阔
无论是轻的荷花苑
还是重的
白色的翅膀承载眼泪。

你带着它们有力地升起。
那些脱离了呼吸机的粉末
从炼狱飞升
白色的羽毛
风雨中的护身符。

谁又能知道

现在的阴影

会否变成未来的阴影。

而白鹭白茫茫

停在了清明。

（2020）

神灵凭附的时刻

——兼答友人

神灵凭附的时刻
荷花苑
不再是那一个
它上升，在时间之上
也并不在任何空间
它在水与荷花的永恒国度

昨天你告诉我，荷花苑
千年前不是荒地
而是一片湖泽
当然也有野荷花
百年前汉口开发，修了张公堤
逼走水，湖泽成了陆地。
你知道吗？
它背后直线距离200米
就是汉口殡仪馆。

谢谢你告诉我这一切。

透过无穷无尽的荷花，
我望得见汉口殡仪馆
那三千领取骨灰的寂寂长队。
但，我能保留虚空的荷花苑吗

我也望得见
当年你送我搬进荷花苑那一瞬。
而白鹭飞起，
为所有的时刻。

（2020　给邓一光）

一只鸟的鸣叫

一只鸟的鸣叫停止了，
如罄竹之声
忽然中断。

连续六十个夜晚
在子时
微弱
清晰
鸣叫出熹微的光

一只孤独的鸟
自己把自己叫成一片竹林
在沙沙的风中
涕泪滂沱……

而水浪涌起在竹梢。
此刻光也是寂静的
空中的涟漪肃穆

骨灰们消失在骨灰中。

寂静从天上阵阵涌来

天蓝得令人忧愁

而阳光猛烈

（2020）

假如鸟类

在阴天飞行也是好的，
假如鸟类
也有白内障。

云层不单挡住强光
而且包含雨意
那湿润的气流柔和地
托着你的筋骨。

你离散的躯体
从我的内部飞过
阴天更加肃穆旷远。

（2020）

扑克牌与略萨老头

是的，昨天算错了日子
不是52天
是54
整整一副扑克牌。

波谲云诡的扑克牌
最后一张居然来自秘鲁。
略萨老头，
80年代
我们多么热爱你。
你的结构现实主义，
启发了我的心理现实主义。

我们喝下各种主义的浓汤，
周身大汗
耳语高亢
城市与狗、绿房子
劳军女郎胡利娅……

照明弹啾啾而鸣
爆炸再爆炸。
外省生活务必抛弃。
你娶了姨妈，又娶表妹，
我至少
要从广西去北京。

但我仍然
无法把你追认为导师
无论你说了什么
还是没说什么
你只是刺痛了我
在三十多年前。

略萨老头，
你马上就84了吧。
一匹种马
骑着一朵巨大的云头
雷鸣般滚滚而过
在三月。

（2020）

三月，奥麦罗斯

三月，奥麦罗斯，
我如此爱你。
我对你一无所知
就像那些海，
无论是加勒比海还是大西洋，
它们如此遥远

作为一本书，
你实在太厚了，
足足526页。
巨大的史诗
包含全人类。

遥遥而望又有何不可呢
我只知道那里有金表和海燕
以及腌鳕鱼
知道最重要的伤口在脚踝，
无法治愈，发出恶臭，

只知道一点皮毛有何不可呢

作为一本书，
我只读了五页半，
我永远不会读完的
奥麦罗斯
我只摩挲你的书页。
你离开海岸的时候，
大海还在那里咆哮。

（2020）

那不勒斯应无恙

去年此时
我盘算去意大利
那些数世纪从未衰弱的名字*
被地平线的箭头钉住的大海
老于酒的光

到十月果真去成了
许愿池阳光炫目
两位中年美人
她们走进神曲的仪态
被我晒到朋友圈

昨夜我在电视上与之重逢
威尼斯的叹息桥
米兰大教堂
黑头发的记者手握命运
意大利
确诊病例 7424

累计死亡366

箭矢提前命中

病毒重新定义了每一个人

每一寸土地

那不勒斯应无恙

我的南方

那燃烧的凤凰木羊蹄甲鸡蛋花夹竹桃

插队时

同样的五色花曾经治过我的烂脚

卡普里与苏莲托

亲爱的植物让我眼含热泪

*出自沃尔科特（引文即致敬）。

（2020）

节气：春分

春天的确被分成了两半
一半在去年之前，
另一半
在被口罩挡住的这边。

我多想咏唱从前的花呀，
尤其是油菜花。
我还想收割油菜，
在湖北的木兰湖。
而此时此刻，
它们的金黄迅速后退

皮肉成灰。
离春分还有三天
被庚子年磨利的刀锋，
提前划伤了我。

（2020）

多年后

多年后再遇见你我会怎么样
那时你将缩小为一个
璀璨的梦

甚至更小
如一粒星
在银河

窃窃耳语的密林
无尽的风
仍浩荡回旋

当年某个死去的自我
因为这特殊的初夏
在枯草上复活

一只只幼崽
睁开眼睛

初生的眼眸，星光闪闪

石头在飞，石头在滚
水在树林中闪烁
波浪嘶鸣

在梦的缝隙中
一只北方的母熊
驮我缩塌（或下沉）

那时我已重新回到子宫了吧
带着来世的祈盼

（2020）

以你明亮乳汁的雌性

今年你醒得特别早。
你冬眠的时候，
我在哪里呢？

一群幼崽在雪地中
大小不一，只只闭眼。
每天清晨，你挨个舔它们
夜晚睡前再舔一遍。

当温热的舌头在我脸上
我知道我是幼崽中的一只

昨日听闻有一种花
雌雄双蕊
我想你也是。
你是雌熊
也是雄的。

以你明亮乳汁的雌性

你黑暗身躯的雄性

黑白相间的花

渐渐勾勒出我的形状。

（2020）

来世

来世我不会生而为我了
一头年轻的母熊
黑亮的皮毛
带着满地初生的幼崽
夜夜对着猎户星

不如祈愿生为一棵树
就在海边的松林里
这个想法令我心花怒放。

我可以现在就到海边看一看
北海，三亚或烟台
实在都不远。

如果遇见你从烟波中浮起
我定要在这样的梦里多待一下。

好吧，我先选定一处

郑重做上标记。

我将预先和周围的松树

发出阵阵松涛

从此世到彼世。

（2020）

那时候

母熊是幼崽的梦
料想着，反过来也是

此刻我想起
1995年的三峡
一个女子迎风站立船头

水在上升或下降
水平线激荡不安
内部的暗流奔涌不息

设若望向神女峰
永恒的母熊
你明亮乳汁的雌性

此刻是谁

深入黑暗的躯体

隆隆驶过万重山

（2020）

幼崽

幼崽在时间中翻筋斗
澄明，欣悦
一个接着一个
它每一秒都没有辜负

刹那间多寂静啊
料母熊也同在这寂静中

（2020）

书桌上的苹果

书桌上的苹果是最后一只
我从未与一只苹果如此厮守过
从一月底到二月
再到三月二十日。

稀薄的芬芳安抚了我
某种缩塌我也完全明白
在时远时近的距离中
你斑斓的拳头张开
我就会看见诗——
那棕色的核

我心无旁骛奔赴你的颜色
嫩黄、姜黄与橘黄
你的汁液包藏万物
而我激烈地越过自身

我超现实地想到了塞尚

他的苹果与果盘

那些色彩的响度

与喑哑的答言

我不可避免地要想到

里尔克关于塞尚的通信：

你的内部已震动*

兀自升腾又跌落

要极其切近事实是何等不易

*以下三行来自里尔克。

（2020）

缩塌

你就要真正缩塌
在把腐臭倾倒给世界之后

裹挟万物的汁液
退潮了，喷溅白色的泡沫
你回到黑暗
回到大地深处。

你离开
世界将分崩离析。
我要提前悼念你
也悼念世界，
并追忆你与世界
同在的日子。

我也许会在深渊倾听吧
在你消失之后的空白处。

（2020）

汹涌

正面仍然是好的
虽然已经堆起皱
你可以理解成
正常的水土流失。

一旦转过面
溃败的两处，发暗微陷
触目惊心

内部的烂泥
浸没了所有的道路。
无数次的暴雨
上万头牛践踏
泥涟汹涌

皮肉即将分离
烂泥滚动进入那道门

最后的时刻我闭上眼睛

倾听往昔的声音。

（2020）

一枚印

你的香气并非来自一朵花
而是来自一块泥土
那烧过的印

那香气囚禁已久
燃烧使它逃逸
它穿着灰烬的衣衫来到此时

那诗句来自宋代无名氏
这几百年
不知那人去哪里了

花不能瞬间变为泥土
泥土也同样
它们住在不同的星球

而此时

它们统一在一枚印上

“九重天上闻花气”

（2020）

七月

七月就是这样
青草汹涌，同时
你发现更多的花

那种花状似百合
你第一次发现它重瓣
橘红色
重重叠叠幽且深
火焰的心，在最深处

它费尽全部的力气
藏住了自己
却又从来没有
扭曲花蕊

七月就是这样

青草汹涌，当然

你无法让风停止

（2020）

穗状花序

我不得不书写你白色的蝶翼
当你在五月透明的阳光下
那时你的白色有无数出口
你的光芒有无数拐弯

而我是六月的
穗状花序
自愿缩塌
缩成寂静的一个点

大概就是一条虚线
或由六个点组成的，省略号
我倒置的梦
仍停留在白色的内部

在塌缩与停留之间
未必没有机会

跨过倒转的边界

在永恒的花序中

（2020）

我要忍着那金色的麦芒

我要忍着那金色的麦芒
忍着蓝天下
那一棵石榴树

忍到麦芒在星空下被收割
忍到多汁的石榴籽
变成铁
忍到你的泉水喧响
或永远不响

以深沉的梦寐之心
以前所未有的柔情
以麦芒与石榴的低语
六月
我在你的无边无际中

（2020）

石子

那石子在她手心
冰凉到温热
她松开手
石子落入一条平行的河

连续105日
她准时听到回声
河心荡漾
波纹连绵不息

这一日，没有回声的石子
它落入了虚空
河水被冻住了
抑或是莫名消失

她挨着时间
一寸一寸
五月的天空也适时变灰

天地的沙尘与内心的，同时来到

黄昏到来，她想倒转自己
而这时，就在这时
从高处传来水声
那河流已到达高原。

（2020）

米玛雪山

我有多久没看见你了
十四年
当然那也许不是你
我在一个垭口留影
影影绰绰
雪雾中你的身姿

你刹那的姿容
被一辆路过的车送来
多么亲爱的名字呀
米玛

那么多的云与你浑然一体
你山体依然清晰
米玛山
你值得在五月路过

你值得我大口呼吸
也值得彻夜难眠。

（2020）

雪在千里之外

看见高原的雪
在五月
我不由得变得深情

雪在千里之外
（或者万里）
心思单纯

太阳晒不化它
它向着雪原的四面八方
铺开它的白

它的静穆照耀我
我将报以水滴
以及内部的阴影

（2020）

03

辑三

植物志

寂静降临时

你必定是一切

1

无尽的植物从时间中涌来

你自灰烬睁开双眼

发出阵阵海浪的潮声

在火光中我依稀望见你们

那绿色的叶脉灰色的蝴蝶

一同落入黑暗的巢穴

年深日久

你们的星光被遮住了

越过水泥丛林我望向山峦

你们开始上升

那一群水牛在哪里

丘陵般苍灰色的牛背

移动着，成群结队

2

如此遥远，如此痛切

木棉花，你疯狂的热血

浇灌了无数代疯子

在三月的北流河边

木棉花彻夜高喊

声如激水，如震鼓

凤凰花也是

鸡蛋花也是

还有巨大的乌桕树

我从未见过它满树花开

但并不妨碍

它们早已消失的彩色羽翼

在夏日的风中回响

3

无穷无尽的植物

在时间中喃喃有声

簕*鲁何时吹响了“喃哆荷”

中元节早已被它抛弃

往时的鬼节七月十四

簕叶卷上竹筒，状如喇叭

掌上的花轿也已飞离北流河

屋背与塘边有始无终

肉中的纤维曾做成红缨枪须

操场上的红缨已褪色

簕鲁曾做过麻绳

捆着时代翻过七座山

水泥加簕鲁压成瓦片盖房

雨水也已找不到它们

听闻它已转世为簕勾枪并找到了鸡蛋

簕勾枪嫩叶煎鸡蛋，一道时令菜

簕鲁或露兜簕或簕勾枪

叶状如长剑边缘有刺

硬，也柔软

叶边细刺削掉，足够编织一个世界

*簕：北流方言，刺。

4

剑麻比菠萝叶更像一丛剑

开花，如一串铃铛

明亮的月白色，于夏日醒来

在夜晚照亮晦暗的龙桥街

捻子的学名叫桃金娘

生在坟头至多的田螺岭

既不桃红也不金色

它们热爱棺材坑

无名的尸骨养育了它

待果实由红变黑

它们和米二酒在一起

浸成蠢蠢欲动的补肾酒。

牛甘果像玻璃珠

硬而圆，酸而涩而苦

与盐缠裹腌上数日

当蜕去青色的皮

强烈的回甘焕然一新

甘夹子味如酸苹果，仅拇指大

我至今不知它是藤本或木本

它在竹篮里，不按斤卖，论唛

两分钱一小唛，五分钱一大唛

5

凤凰木，我逐年失去了你们

操场的两畲*，校门外的三畲

那枝条欲飞的架势

以及凤凰花金红的颜色

那大刀式的豆荚

坚硬的棕色累累垂下

火焰的力量凝聚在空中

以及游戏，小学新校舍

模仿英雄故事里的大铡刀

外号“猪仓”的女生

*畲：粤方言，量词，株；棵。“门口有畲大榕树”，读pō。

她成为五分钟的刘胡兰。

在干燥的风中，凤凰远赴

开罗与那不勒斯

在异邦遇见犹如晴天霹雳

眨令变蚌界，闪电变彩虹*

但在此处我失去了你们

北回归线以南

在滚滚的热浪中

曾经繁茂的，那豆荚

那锋利的歌喉

*眨令，是闪电；蚌界，是彩虹。前一句是方言，后一句是普通话标准语。

6

龙眼出现在我两岁

它在手心满满一握

透明、滑溜、甜

世界浓缩，闪闪如珠

我用手剥开，龙眼变成桂圆肉

一簸又一簸，五分钱一簸

荔枝头顶烈日，在六月

脚穿白铁桶的大靴子

自荔枝场铿锵前行

从东门口西门口到水浸社

荔红色风暴与太阳雨交替

它们成群结队倾泼甜汁

为防止头晕

透明如玉的甜果肉要加上盐

这莫名的古方我至今不解

但给我早年的微醺吧

给我沙街与林场，甜度与河流

给我早恋的无边禾田

早熟的崭亮夏天

7

曾以为世上的鸡蛋花树都是大树

四季永开，鸡蛋满树剖开

新生的鼻涕虫螺曾经奔跑

高大的玉兰树倒映在水面

两翕万寿果树和外婆一同出现

果实弯曲，十分奇怪

泡酒，补肾，兼治手骨麻

紧挨着是一翕大红豆树

我捡回红豆放入火水灯

比橘子红，比木棉亮

红豆其实有两种

另一种叫台湾相思豆
此外还有一种鸳鸯豆
三分之一黑，三分之二红。
烂漫的童谣如天籁
我们去摘扶桑花
顺便捡几朵玉兰晾在窗台上
玉兰树下的犀牛井
据讲系苏东坡上岸处
宋朝的北流河
早就流往天上。

8

无量无边的植物
在时间中喃喃有声
丘陵般灰色的牛背
移动着，成群结队
“彼大海中。火光常起。
彼洲滩中。江河常注。
水势劣火。结为高山。
是故。山石击则成炎。融则成水。
土势劣水。抽为草木。
是故。林薮遇烧成土。因绞成水。
交互发生。递相为种。

以是因缘。世界相续。”*
万物生生不息。尘归尘
土归土

*《楞严经》句。

9

现在我要想一想芒果树
医院的庭园，公用水龙头边
巨大的芒果树青芒压枝
红茶菌无声行在树旁的走廊
一只玻璃樽，红色的细菌在荡漾
另一侧走廊是只大公鸡
尾羽鲜艳，独步轩昂
打鸡针与红茶菌
上世纪七十年代的健身法门
从北至南
直到北流的鬼门关
在核里张开眼睛的人面果
它两只眼睛一处嘴巴
和礼堂种在一起
歌咏时高亢，铜镲时震动
当推土机出现
“礼堂”二字只能坚持一个钟

当年桂系募资

李宗仁黄绍竑曾经解囊

10

带着北流口音的葡萄那么少

在民警队门口从未成熟

桑葚的黑嘴唇

在大风门水泥厂对面

指甲花的指甲

在深夜的天井

令人嫌弃的杨桃是我们的玩伴

用铅笔刀切片，腌入玻璃樽

帮我们度过上课的无聊时光

马路对面那簕杨桃果实满地

1949年树下埋了一匹马

农业局的橘子树

那白色的小花被我们早早采光

我们是片瓦不留的采花大盗

美人蕉的花、宝塔花

扶桑花、芭蕉花

一口气讲出这些花

甜汁奔腾，星起星灭

11

甘蔗从时间中行来
失去已久的糖再度变得坚硬
穿过瀑布的甜汁
你已拍翅而起
那飞离的白色蝶翼
再次停在车前草的穗状花序上
在月亮缺失的夜里
我遥望糖榨
那碾轧的结构嘎嘎发声
而我将到处找你，直到你出现
我双手握住甘蔗的一节
向上，以撑竿跳的姿势
亲爱的甘蔗，你从时间中行来
一路应答，喃喃有声

12

在瓢泼大雨中我重新看见了
黄皮树
与枇杷树
我企*在树下全身湿透
为了某些重逢就是这样

雷鸣电闪。

我还望见凛冬夜晚的柚子皮

800瓦的电炉和脸盆

孤身的永夜

内心浓雾滚滚

沙田柚，你以整只柚子皮照耀我

还加上你的芬芳。

而我见到的木瓜都是孤独的

太平间的院子，挂颈独只伸出

屋背菜地边，河边高岸

瘦长有棱形状孤寒

锯齿状的巨大叶子

用来漏掉无常的雨水。

*企：粤方言，“站”的意思。

13

芭蕉木为自己找到了雨声

所有的屋背，所有的路边

雨水召来深夜

你敞开紫色的苞壳

闪耀黑暗中的微光

芭蕉秆也是好东西

漂在河面成为独木舟

从北流河上游到下游。

我还看见自己爬上四裔槐树中的一裔

摘槐花卖给收购站

在树上眺望新嫁娘。

每周五去十二仓劳动

路过木棉树时听“梅花党”。

1975年，不能不想到马尾松

它们连绵不绝，从县城到民安

在公路它们相向拱身

成为阴凉的隧道。

14

那美妙的番石榴使人便秘

它也已从时间中醒来

从北流直至同纬度的南美

像火一样饱满

你坚硬的籽

自深渊落向我

整日整夜绽放的还有

狗豆、芋苗、红薯叶、南瓜花

桐油花的薄紫

羊蹄甲的蒲紫

四月蔷薇的赪紫和粉白

以及泥土中一切的你们。

此时尤加利树冉冉升起

叶子与花与花柄

那斑斓的韶光与我肌肤相亲

米色的小花漏斗形的花柄

我们穿成一串串

长的项链，短的手镯

体育场的尤加利树

是距离万人大会最近的阴凉

高音喇叭里仅存的安静

大舞台之侧，露天银幕的正反两面

当晚霞降落成为漫天蜻蜓

细小的米色花散落在我的枕头

15

若转世为植物

我会成为哪一翕呢

或者就是木棉树吧

我安心地开出花

结成棉桃

用木棉的棉絮

填充某只枕头

我也愿意成为凤凰木

以枝条振翅，以花代火

我也喜欢当剑麻

开一串白色的铃铛

或者番石榴，或者芒果树

我愿意成为你们中的任何。

16

而那时你在哪里……

不如你转世为榕树吧

或者马尾松

或者尤加利

我保证你生在河边

与沙滩与萝卜在一起

你的花落在沙地上

成为我的项链和手镯

我将以指甲花汁染上红色

在深夜的阴影里

我将重新看见

大水退去仍在原地的你

你斑斓的橘黄与赪丹，以及坚硬的墨绿

你俯向河面的身姿

我应答你，无穷无尽的植物

以同样的喃喃之声

17

我知道我无数次失去了你们

那茂密汹涌的绿色

逐年逐年

水平线降低

根系繁多的至老的大树

从虚空中来，到虚空中去

颤栗的断口

渗出的树汁

高大的芒果树木棉树乌桕树

以及印刷厂门口最大的老榕树

小学五年级曾参观印刷厂

铁黑的铅字只只排列

沿着铅字我们到达它们的来处

它们庞大的身躯在虚空中留下墓碑

那巨大的寂静

失去庇佑的天空和失去遮挡的

那一只当年的水龙头

18

我挂着簕，乘坐京广线列车

三十八小时加四小时汽车再加一小时

从版图的鸡心到鸡尾直到

看上去像盲肠的你

北流河

等雨水再次灌满不再存在的沙街

等畜牧站的大蟒蛇冲出竹笼

等我印出菩萨遮与扑沙狗的照片

找到那种叫白面水鸡的鸟

以及大山雀白腰文鸟斑文鸟金翅雀

家燕雨燕乌鸦山鹡莺红嘴相思鸟，

绣眼鸟灰鹡鸰白头鹎牛背鹭。

等到麻呢嬲遍地啾啾

等到拇指大的青丝和它的红果在一起

丁鸡囊头顶和屁股长出漂亮的羽毛

等到斑鸠鹩哥鹧鸪画眉的窝搭上禾秆

然后，我将再度离开

紫苏薄荷九里香南瓜花

狗豆大虫豆八角桂皮狗尾草灯芯草

地豆慈姑薯菇子东风菜芥菜猪乸菜

酸咪草车前草老鼠脚迹鱼腥草

穿心莲一点红黑墨草半边莲扫把枝

马齿苋发毒药过塘蛇路边青

雷公藤宽筋藤地捻藤四棱草芝麻草月亮草

三叶鬼针草七叶一枝花

花菖蒲火藻芦竹千屈菜

水葱梭鱼草兰花三七

水生美人蕉黄花鸢尾狐尾藻，

金鱼藻大茨藻马来眼子菜……

像一切草继续生长

带着你的心脏指纹以及猪红腮

带着深呼吸的树叶以及

一枚簕

连同独石桥独石的朱砂

鸡丁锄里的铁

19

天色有点暗，然而并不是夜晚

忽然有些点亮，也并不是闪电

照耀我头顶的，是那些消失多年的大树

大人面果树大芒果树

大玉兰树大鸡蛋花树大万寿果树

大红豆树大木棉树大马尾松树

大尤加利树大乌桕树大凤凰树

大榕树大龙眼树大黄皮树大枇杷树

在我出生的那一年

此后七十年代八十年代九十年代

它们倒下时伴随隆隆雷声

未享天年的它们

未曾诞生的美

中途丧失的美

寄身于无穷无尽的植物

无穷无尽的你们和我们

20

大人面果树大芒果树

大玉兰树大鸡蛋花树大万寿果树

大红豆树大木棉树大马尾松树

大尤加利树大乌桕树大凤凰树

大榕树大龙眼树大黄皮树大枇杷树

无尽植物的河岸与丘陵

我将登上你们已消失的山巅

你们远至深渊的星星

潜入你们已消退的海洋

你们已被燃尽的灰烬

在山巅海洋和星星之上

无尽的植物，无尽的岁月

无穷河水永恒冲刷的你的两岸

北流河

以及我血液中沉淀的簕

（2020/7/14　初稿

2021　改）

04

辑四

2004—2019

七月——给女儿

你知道妈妈是怎么长大的吗？
我知道，
被关在一间小黑屋里，
不许出去。

天啊，
黑屋子——
你大概是从我的书中
知道这个。

而我只记得，
你光溜溜的小身子
在水蒸气的笼罩中，
在每年的，七月。

每年的七月我更爱你，
七月连同暴雨，
带我返回你的婴儿期……

你柔软稀疏的头发，
屁股上的肉窝，
白色的大便，
炭黑的皮肤。
还有那第一声“哒”
哒哒，哒

直到宇宙变形，
你不再称我妈妈
而直呼——
林白。

（2019/7）

囤积

我不停地囤积作品，
以等待我的晚年。
我先搬动一些大石头，
就是那些长篇小说。
然后是一些小块的石头，
你可以想象成篇幅不等的短篇与中篇。
可是缝隙还那么多，
我再用什么来喂饱你呢。

我的饥饿是无形的，
我的云彩也是无形的。

（2018）

霞

二十七年未见
常常想象女囚般光头的你

1990年，魏公村
还记得吗?
在场的某某，现在已经非常著名
某某断绝了音讯，不再写作
带我去你家的某某某
十年前已离开人世

说好聊一个通宵
你为我们准备了好吃的
半夜时分有人敲门
不许聚众
而这时停电了
漆黑一片

你摸到了蜡烛与火柴

手持亮光

领我们走下又长又黑的楼梯

一级又一级

一层又一层

你拉着我的手

认为我最需要照顾

如今到了最后的时刻

癌病房……

监狱的条纹号衣

女囚般的光头

在星空之上

永恒的夏天

一如你流光溢彩的名字

（2017　想起霞

1990　曾在她家聚会

2020　元旦改定）

晚餐后

我要在晚年重新开始写诗
三十年前她曾这样说
说说而已
并不在意

暮年杯盘狼藉
当年的西红柿炒鸡蛋
早已各奔东西
它们互相厌弃已多年

暮年在一场大雨之后来到
万物转世
蒸汽上升
在夏天，血液自动加温
一些词神采奕奕
另外一些
蠢蠢欲动

她看不清一首诗的生长
却看见了
对面窗玻璃上的一个人
她暮年已至
又重新穿起了花长裙
裙子上的棕榈叶
哗哗作响

（2016/7　小暑）

瘢痕

每年春夏之交它就开始发痒
光滑的腰间隆起道道山梁

它在身体的右边
秘密的毒血常常翻越到左边
粗厚的陶罐收纳了黑色的血
拔火罐之前银针刺在瘢痕上

现在它已经隆起在腰间
不可能再退回地平线
它是皮肤生成，却比皮肤坚硬
它的内部布满了病毒
却抵制所有药品

开始时它持续发亮
现在越来越晦暗
——它的边缘发黑了
身体发热的时候它通红

它的通红裹在衣服里

四肢发凉的时候它也冰凉

它的冰凉隔着一层布

我每天都会看见它

这些成行的凸点

它隆起得太高了——

不愿低头，永世密集

既然已经活到了这个世纪

亲爱的

我随时准备撩起上衣

露出锈迹斑斑的自己

（2016）

昨夜切生姜，兼致北京

昨夜我切生姜
生姜一直是生的
切成片是
切成丝同样是

微黄的生
土腥气的生
水分连续叫唤
纤维说断就断

我用盐腌，一勺又一勺
送进玻璃瓶的时候使劲压
不能有丝毫缝隙
再泡以八年的老陈醋
然后
瓶盖
拧紧再拧紧

经过一夜

不，同时也是二十六年

它变成赭黄

吸纳了岁月的酸

辣退到深处

如果伴上蜂蜜或者红糖

味道基本齐全

（2016）

人工流产

那把巨大的勺子是在天上挂着的
它不是北斗七星
那寒冷的利刃
在瞄准之后垂直落下

一只鹰隼扇动它合金的翅膀
停在手术台上方
它以酒精的酷烈
穿越血液、骨头和肌肉

她体内的性，或者叫爱情
那颗肉乎乎的樱桃
曾经天使般降临
现在它被一通猛啄

那时候没有麻醉
只有火山
以及刀法精妙的熔浆滚滚

以及永无尽头的猩红灰烬

肿胀的花朵
破碎的瓶
月亮如沥青般
渐渐涂黑

（2016）

大暴雨

天亮之后天还是黑的
暴雨整夜未停
她出生以来最大一场雨——
橙色预警

大雨要把她的生日淹掉了
——至少淹到膝盖
单位需要上班
笼子等待一只小兽

妈妈怀她的时候梦见了狮子
在雨中她奔向牢笼
笼中的蛋糕闪闪发光
“母亲大人，您也无往不在牢笼中”

（2016/7　北京大暴雨，橙色预警）

波拉尼奥

他等待肝移植
从23号排到12号
又从12号排到第2号
“他努力整理自己的灵魂
想要活着”

在他登陆的岸边
我碰到《荒野侦探》和《2666》
记得是2012年冬天
北京四环

我不喜欢那本《美洲纳粹文学》
真后悔买了它
但我喜欢他的不节制
泥沙俱下

他越过智利的大河
一个游荡者

一个诗人

他对世界粗暴的抒情

在棺材上闪光

（2016/7）

两种写作——关于小说与诗歌

嗡的一声
一个句号发出沉闷的回响
终于解脱了
满身的绳索
拖拽了一年以上

一粒种子忽然生出羽翼
一个喉咙莫名开启
一个女人在炎夏中闪身
新的悬崖来到脚底

那些分行的句子
红瓦般叠起
一簇火焰，一道涟漪
一句又一句

最后一个字落下
不需要句号

叮的一声

身体腾空而起

铁树开花的瞬间

渐渐充满

（2016/7　随感：写完一部小说，首先是解脱感，然后是空虚；写完一首诗，首先是喜悦，然后渐渐充满。作此诗记之）

以息相吹

风吹到句子之间
越吹越近
同时越吹越辽远
风吹词语

然后我去买黄瓜
还有洗衣粉
这时候星星奔赴海洋
风吹到旷野和字的笔画之间

（2016　给张新颖）

手工紫铜

你就如同广州
至少是广州的二分之一
我们的青春期叮当作响
从岭南到北京

我在2016年的第十甫路眺望榕树，
它们气根累累
如同我刚刚剪掉的长发再次长出……
潮湿的空气忽明忽暗
古怪的发型无端盛开，
多年前，它们曾经遮住了我的半边脸

而你正在路上
佩带着云门寺的楞严咒
你用手机导航
在楼底下整整转了两圈半
每一圈
正好代表十年

是的，我们相识于1992年
四分之一世纪

恩宁路上的紫铜是手工敲成
它是如此缓慢
叮当之声
经年累月
花纹变得圆润
时间变得铿亮
当它到达时已成为美器
一只是香炉
一只是茶则

（2016　写于广东到香港红磡的高铁。给林宋瑜）

在木兰湖收割油菜

自从来到湖北
我就跟你走遍木兰乡
你碧绿的身躯
头顶着金色的花瓣

在我前世金黄的梦中
你是我的爱人
明亮的光芒
细小的耳语
你早就潜伏在
2004年的春天
以及，2005年的春天
以及，今后的无数个春天

木兰湖
金色的花瓣落尽
夏天即将到来
你的光芒收敛

藏进无数个豆荚
成为小小的心
在湖边
随风飘荡

收割时节我就来了
你在湖边等我
在豆荚里 在秘密中
而我是多么幸运
被大地选中
成为一名收割者
在2005年，在木兰乡

（2005）

回忆2004年在武汉过冬

武汉比较冷
东湖比较空旷
湖边练唱的人
歌声比较萧索

借修文的电脑
过长江上课
大风降温
缩着头去超市
购买手套和玉米

在雨中散步
接远处短信

终于考试
惊魂未定
复又答辩
好歹过关

吃饭，请大家喝藏秘干红

还喝茶，在一个酒吧

然后

登上北去回家的火车

（2005）

致武汉

我把眼泪
　眼泪里的盐献给你
我献给你的
还有我枯萎的头发
　像草一样
还有我的指甲
我全身的骨头
　在黄昏
吱呀作响
发出喑哑的声音

我的春天已经远去
我的树林已经埋葬
我的身体
　在纸上
已沉睡百年

我不能给你花朵和果实

　珍珠和美酒
甚至米饭
甚至水

我只有彻夜的眼泪
　纯白的骨头
只有全身上下的毛病
犹如沙粒布满河床

我把毛病献给你
你却给了我长江

（2004）

乡村修女

她坐在矮竹椅上
粉红的T恤
运动头
胡修女
她的名字叫加拉

如果有人爱上你怎么办?
有人问
胡修女微笑着
她已发过终身圣愿

为什么会邂逅花梨岭
这鄂西山中的修道院
奉献给主的岁月
如同有人将自己献给武汉

我们是世界的两粒珍珠
丢失在不同的角落

在通往彼岸的路上

遥遥相望

（2004）

在远处

我在武昌拿出香烟
你替我点火
在千里之外
隔着九年

你说花忆前身
我说梦想来世
你说放荡岁月
我说逍遥此生

1975年你多大?
八周岁，你回答
无边的寂静伴随雨水
降落在武昌

一星火进入了体内
需要多少场雨水才能浇灭
一粒盐溶进了血里

已永无澄清之日

隔着两个省份
我愿意与你相对而眠
你当我右边的空虚
我做你左边的阴影*

*张执浩句。

（2004）

05

辑五

1985—1998

山东宁阳

山东宁阳
地里长着玉米
绿叶红缨
花枝招展

山东宁阳
山上长着苹果
白色的花朵
蓝天下隐隐约约

我要到宁阳去
在夏天去
夏天玉米熟了
我去收玉米

我将穿上长袖
戴上帽子
以便挡住

太阳和叶子的光芒

我要在秋天到宁阳去
去做一个摘苹果的人
手握苹果
喜气洋洋

想到宁阳我就会高兴
想到宁阳我什么都不想
只有玉米和苹果
宁静安详

从北京到宁阳
要坐十四个小时的汽车
或者先坐火车到济南
或者先坐火车到曲阜

火车呼啸
汽车奔跑
玉米苹果
宁静安详

（1998）

过程

一月你还没出现，
二月你睡在隔壁，
三月下起了大雨，
四月里遍地蔷薇，
五月我们对面坐着，
犹如梦中。

就这样六月到了，
六月里青草盛开，
处处芬芳。
七月，悲喜交加，
麦浪翻滚连同草地，
直到天涯。

八月就是八月，
八月我守口如瓶。
八月里我是瓶中的水，
你是青天的云。

九月和十月，
是两只眼睛，装满了大海，
你在海上，
我在海下。

十一月尚未到来，
透过它的窗口，
我望见了十二月，
十二月大雪弥漫。

（1996）

我要你为人所知（组诗）

A. 四月十八日上午

置身其中
略显轻盈　略显沉重
这一瞬间如此苍白
窗帘低垂
剩下声音
鲜红地掠过
你以酒精的芬芳
在我体内阵阵烧灼

在黑夜与白昼的缝隙
滑动过金属的回声
你，你在缓缓飘移的
白墙中

骤然变冷
洁净柔软的内衣

凝固的汗渍

流动的液体

一切都为你灿烂

　　为你苍凉

等着走过去

看见窗前

遥远的红罂粟

在那个上午

那个上午

儿子（或女儿），你

（1986）

B. 我要你为人所知

我便当我自己的孩子

我同时是我自己的母亲

我臆造你

要你返回

我跟所有的人说你

要你为人所知

你应有火焰似的黑发

在四月的季节里

在我的胸前盛开

我年轻的身子

会为你鼓起最最优美的曲线

在注满初夏的液汁中

你的嫩绿你的鹅黄

一千次地芬芳

睁开另一双眼睛

看见满河皆红

此刻你以那满河皆红的河水

沐浴我的全身　自踵到顶

有一声高亢热烈的啼叫

将你辉煌地照耀

孩子

但是夏日已过

道路空旷

檐下的雨滴门前的车轮

一遍遍

走过十五天

（1986）

C. 阳台

阳台上阳光充盈
空白得令人生疑
有什么在变化
街上成双成对

看见黑发流淌
看见美目流盼
看见高粱红了
看见四壁生辉
阳台上晾着一条鲜黄的围裙
像旗帜独树
想起一部日本影片
点点滴滴
到黄昏

夜里看见一张男性脸孔
熟悉得变形
另有一张
鲜嫩欲滴双眸明亮

一如我橄榄色的皮肤
在我幼年的枝叶上
神奇地张开

紧紧相偎

（1986）

D. 诞生或终结

一千次诞生
一千次终结
有谁已经老去
有谁尚未出生
谁在我的掌心
美丽地站起
谁在我的身上
宁静地躺下

谁与我同在
谁与我背离

一千次诞生
一千次终结
层层根须
年年月月

太阳　苍翠地照耀

进入我的心

美　不　胜　收

（1987）

山之阿，水之湄（组诗）

走进你赭红色的吟哦

走进你赭红色的吟哦
想起祭神祭牛祭青蛙
祭得雷声云声
自天边响入青铜鼓
睡成云雷纹
　　啊，山上是谁在唱
　　啊，山下是谁在唱
　　骑上矮种马
　　赶歌圩

走进你赭红色的吟哦
盘歌排歌嘹歌
在你腰间翩然如零陵香
唱远了火塘
唱近了星星
唱成南方的黄月亮

达努，达努
啊，不要忘记，不要忘记
到了夜晚
去踩月亮

你的吟哦无伴奏
就那样赭红在我的血液里
就那样黛绿在我的头发里
一唱唱了一百年
一唱唱了一千年
那个拉马骨胡的后生至今没有老
没有老在山上
没有老在水边
唱歌呀
唱歌呀
骑上单车像骑两枚月亮的姑娘唱歌呀
骑上太阳像骑九辆摩托的后生唱歌呀

樵歌

山皂角野芝麻猎猎风响的记忆
咿咿呀呀哦哦
从石头缝挤出
就是那只白肚子鸟
那片黑白相间的羽毛
　　先民的翅膀
　　是樵歌

是谁
曾经站在那里
年年缭绕不散年年年年
一片风一片雨
就是那样呼应
就是那样

甜甜的稔子红红的太阳
缠在头上的布巾
敢喝烧酒的女子
折被歌锡茶壶火塘的喧嚷羽人的

梦境

黑水河红水河

全是樵歌变的

咿咿呀呀哦哦

流转，渗透

如同生命

如同爱

渴望飞

有一群人，还有一群人

木头做不成翅膀

歌却柔软而顽强

林妖

没有鞋子穿没有衣裳穿
林妖
你也不嫉妒谁
只有山歌
只有满山满河你的击掌声
由于美丽
便绿绿地睡成山峦
绿绿地站成森林
林妖
你好自在

扎一只木筏
从山林到山林
摘一张木叶吹成歌
跳着你的赤足舞

七月十四

夏日河边
漂了几双鞋子
小木屐
浅蓝，浅黄
漆了花上了桐油钉了一条红胶带
那几双小木屐
在夏日的河边

七月十四是鬼节
圭江河里的水就绿绿的
绿绿的像水晶宫
绿绿的像王母娘娘的大翡翠
芭蕉叶也掉在水里了
龙眼叶也掉在水里了
　　河水就绿绿的眨着眼睛
眨着眼睛孩子们很高兴

木屐便没有人穿了
漂在夏日的河面

孩子们呢

河里的水妖呢

夏日的河面

绿得静静静静的

小螺串竹哨子铁弹弓木陀螺

被吸走了

被水吸走 在

七月十四的河边

只有妈妈们的哭声

很细很细

像岸上的尤加利花

米黄米黄

飘落河面漂得很远

老人们妈妈们孩子们

都说

七月十四

不能下河

不能游泳

（1985）

图书在版编目(CIP)数据

身体的雷霆 / 林白著. — 北京：北京十月文艺出版社，2025. 6. — ISBN 978-7-5302-2486-1

Ⅰ. I227

中国国家版本馆CIP数据核字第2025RV4254号

身体的雷霆
SHENTI DE LEITING
林白　著

出　版　北京出版集团
　　　　北京十月文艺出版社
地　址　北京北三环中路6号
邮　编　100120
网　址　www.bph.com.cn
发　行　新经典发行有限公司
　　　　电话 010-68423599
经　销　新华书店
印　刷　河北鹏润印刷有限公司
版　次　2025年6月第1版
印　次　2025年6月第1次印刷
开　本　850毫米×1168毫米　1/32
印　张　8.25
字　数　90千字
书　号　ISBN 978-7-5302-2486-1
定　价　49.00元
如有印装质量问题，由本社负责调换
质量监督电话　010-58572393